상대가 안 보이는 전화영어 잘하면
영어실력 팍팍는다

상대가 안 보이는 전화영어 잘하면
영어실력 팍팍는다

발   행 | 2019년 5월 25일
저   자 | 김지은
펴낸이 | 한건희
펴낸곳 | 주식회사 부크크
출판사등록 | 2014.07.15.(제2014-16호)
주   소 | 서울특별시 금천구 가산디지털1로 119 SK
트윈테크타워 A동 305호
전   화 | 1670-8316
이메일 | info@bookk.co.kr

ISBN | 979-11-272-7318-7

www.bookk.co.kr

상대가 안 보이는
전화영어 잘하면
영어실력 팍팍는다

김지은 지음

목차

통화가 필요한 순간이 있다

매일매일 책상에서 신나게 울리는 내선전화, 내 주머니에 들어 있는 핸드폰, 그러나 영어가 안 되기 때문에 받기는 싫은... 매일 필요한 전화 영어를 정리했습니다. 간단한 말이지만 '잠깐만 기다리라'는 말은 wait이 들어가나? 상대에게 '내가 누구'라고 할 때는 I am을 쓰면 되는지... 전화 영어는 그냥 일상회화와 표현이 약간 다른 경우가 있습니다. 통화할 때 딱 맞는 표현을 쓰지 않으면 뜻이 통하더라도 어설프고 전문가답지 않게 들리겠죠?

대화와 핵심 문장, 쉽고 빠르게 꼭 필요한 것만 배우자.

필요한 문장만 정리해서 모았기 때문에 다른 것 더 찾아볼 필요가 없습니다. 짧고 얇아서 바쁜 직장인이 부담없이 틈틈이 공부하기에 딱입니다. 공부를 한다는 느낌이 아니라 생각날 때마다 적어두었던 필수 정보를 훑어보고 업무에 참고하듯이, 필요한 순간 책상 위에 펼쳐놓고 살짝살짝 컨닝하는 용도로 쓰세요.

통화가
필요한 순간
전화영어

1. 자기소개 및 연결 부탁

A : Hello. What can I do for you?
B : May I speak to James?
A : Who's calling, please?
B : This is Jennifer Clarke.
A : Hold the line, please.

A: 안녕하세요. 무엇을 도와드릴까요?
B: 제임스 있습니까?
A: 누구신지 물어봐도 될까요?
B: 저는 제니퍼 클락인데요.
A: 잠시만 기다리세요.

자기소개 및 연결 부탁 관련 표현

김진수 전화바꿨습니다.
This is Kim Jinsu (speaking).

접니다.
This is she(he).

한국에서 전화드리는 김진수입니다.
This is Kim Jinsu calling from Seoul.

저는 BCM 사의 마케팅 매니저입니다.
I'm Marketing manager of BCM.

접니다. 김진수.
It's me. Kim Jinsu.

기억하실지 모르겠는데, 지난번 미팅에서 만난
김진수입니다.
I wonder if you remember me, we met at
the meeting. It's Kim Jinsu.

전화연락받고 전화드립니다. 저는 BCM의 김진
수입니다.
I'm just calling back. This is Kim Jinsu of
BCM.

좀전에 전화드린 사람인데요. 저는 크리스입니
다.
I just called. This is Chris.

김 진수 씨 있습니까?
Can I speak to Kim Jinsu?

김 진수 씨 있나요?
May I speak to Kim Jinsu?   -

마이크 있어요?
Is Michael there?

안녕하세요. 판매부장과 통화할 수 있을까요?
Hello. Could I speak to the sales manager?

리 씨와 통화하고 싶은데요.
I'd like to speak to Mr. Lee.

관계자 아무나하고 통화하고 싶습니다.
May I speak to whoever is in charge?

김진수라는 이름을 가지신분 계신가요?
Is there anyone there by the name of Kim
Jinsu?

인사부를 부탁합니다.
Could I have Personnel, please?

누구시죠?
Who's calling, please?

성함이 어떻게 되시죠?
May I have your name?

이름 좀 말씀해 주시겠어요?
Could you give me your name?

회사 이름이 어떻게되죠?
May I ask your company name?

이름의 철자가 어떻게 됩니까?
How do you spell your name?

누구와 통화하고 싶습니까?
To whom would you like to speak?

누구와 통화하고 싶습니까?
Who are you trying to reach?

특별히 통화하고 싶은 분 있습니까?
Is there anyone special you would like to speak with?

어느 부서에 전화하신 겁니까?
Which department would you like to speak to?

무슨 일이시죠?
What can I do for you?/ May I help you?

실례지만 무슨 용건이시죠?
What is it about, please?

왜 그분을 찾으시는지 물어도 될까요?
Can I ask you why you're trying to reach him?

그 사람과 무슨 얘기를 하려는지 물어도 될까요?
May I ask you what you want to speak to him about?

왜 그 사람과 통화하려는지 물어봐도 될까요?
May I ask you for what you're wanting to talk to(with) him about?

무슨 일로 저를 보려고 합니까?
What do you want to see me about?

잠시만 기다리세요.
Hold on for a second, please.

끊지 말고 기다리세요.
Hold the line, please.

기다리게 해서 죄송합니다.

I'm sorry to have kept you waiting.

저희 인사과의 데이빗과 연결해드릴께요.
I'll connect you with David of our Personnel division.

전화를 베이커 씨에게 연결해드리겠습니다.
I'll transfer your call to Mr. Baker.

담당자에게 연결해 드리겠습니다.
I'll put you through to the person in charge of the matter.

2077번과 연결해주시겠어요?
Could I have extension 2077, please?

김진수 씨와 연결해드리겠습니다.
I'll get/put you through to Kim Jinsu.

연결되었습니다.
You're through.(connected)

2 간단한 인사

A : Hello. Kim Jinsu speaking.
B : Hello. This is James. How have you been?
A : Pretty good.

A: 여보세요. 김진수입니다.
B: 안녕하세요. 제임스입니다. 어떻게 지내셨습니까?
A: 잘 지냅니다.

통화 연결 시 인사 관련 표현

어떻게 지내셨습니까?
How are you?

오랜만에 통화하는군요.
It's been a long time since we last talked.

이제야 겨우 통화하게 되는군요.
I'm glad that I could reach you at last.

늦은 시간에 방해하는 게 아닌지 모르겠습니다.
I hope I'm not disturbing you so late.

사업은 어떻습니까?
How is your business?

별일 없습니다.
Nothing in particular.

아주 좋습니다.
Much better.

그럭저럭 지냅니다. 항상 똑같지요.
Just so so.

그다지 좋지 않습니다.
Not so good.

3 부재 시

A: Can I speak to Mr. Kim Jinsu?

B: I'm sorry but there are two Mr. Kim Jinsu here.

Which one do you want to speak to?

A: Mr. Kim Jinsu who's in charge of ABC Project.

B: I'm afraid he's now at the meeting.

A: 김진수 씨와 통화할 수 있을까요?

B: 죄송하지만 김진수 씨가 두 분이 있는데요.

어떤 김진수 씨와 통화하고 싶습니까?

A: ABC 프로젝트 책임자 김진수 씨요.

B: 죄송하지만 지금 회의 중이십니다.

부재 시 안내/대응 관련 표현

출장중입니다.
He's out of town on business.

지금 자리에 안계신데요.
She is not at her desk right now.

방금 사무실에서 나갔습니다.
She has just stepped out of the office.

점심 먹으로 나갔습니다.
He is out to lunch.

아파서 안 오셨습니다.
He called in sick this morning.

오늘 근무 안합니다.
He's off today.

퇴근했습니다.
He's gone for the day.

아직 출근 안했습니다.

He hasn't come here yet.

지금 다른 분하고 통화중이신데요.

I'm sorry she's on another line, right now.

다른 부서로 옮기셨습니다.

He moved to another office.

회사를 관두셨습니다.

He no longer works here.

핸드폰으로 전화해보세요.

Why don't you call her at her cellular
phone?

그에게 전화하라고 할까요?

Should I have him call you?

나중에 그분께 다시 전화주시면 안될까요?

Do you mind calling him again later?

4. 메모 남기기

A : May I speak to Mr. Kim Jinsu?
B : He's not in at the moment.
   Would you like to leave a message?
A : 김진수 씨와 통화할 수 있습니까?
B : 지금 안 계십니다. 메모를 남기시겠습니
까?

A: Hello. Kim Jinsu, speaking. May I speak to Mr. Lee?
B: Hello. This is he.
   I heard you called me while I was away.
A: Yes, I did. It's really hard to reach you by phone.
A: 안녕하세요. 김진수입니다. 리 씨와 통화할 수 있습니까?
B: 안녕하세요. 저에요.
   제가 없는 사이에 전화주셨다고 들었습니다.
A: 네 그랬어요. 통화하기가 정말 힘드네요.

메모 남기기 관련 표현

메시지를 남기시겠습니까?
Can I take a message?

메시지를 남길 수 있을까요?
May I leave a message?

그녀에게 메시지를 전해주실 수 있습니까?
Could you give her a message?

그에게 메시지를 전해드릴까요?
Would you like me to give him a message?

그에게 되도록 빨리 전화 달라고 전해주시겠어요?
Please ask him to call me as soon as possible?

전화하셨다고 들었습니다.
I heard you called me.

연락받고 전화드립니다.
I'm returning your call.

오늘 아침에 전화하셨다는 것을 방금 들었습니다.
I've just heard you called me this morning.

너무 늦게 전화드리는건가요?
Am I calling too late?

5 용건

A: Hello. May I help you?
B: Yes. I'm wondering if I can have your fax number. I can't find it on your name card.

A: 안녕하세요. 무엇을 도와드릴까요?
B: 네. 귀사의 팩스번호를 알고 싶은데요.귀하의 명함에 없네요.

용건 말하기 관련 표현

1 용건 말하기

회사 주소 좀 가르쳐줄 수 있습니까?
Would you give me your office address?

현지 시간과 날씨를 알려주실 수 있나요?
Could you tell me the local time and weather?

회사 영업시간이 어떻게 됩니까?
What are your business hours?

새 모델에 대한 정보를 주실 수 있습니까?
Do you have any information on the new model?

카달로그를 보내주실 수 있습니까?
Would you mind sending us your catalogue?

그 프로젝트에 대한 상세정보를 주실 수 있는

지 궁금합니다.

I wonder if you give me more details about the project.

퀵으로 서류를 보냈는데 받으셨나요?
I'm calling to make sure you received the documents sent by quick service.

이메일로 최신자료를 보냈는데 받아보셨나요?
We send our latest data by email. Did you receive it?

이메일을 보냈는데 확인을 안하셔서 확인부탁차 전화드립니다.
I'm calling to ask you to check my email to you. (I'm afraid you haven't checked yet.)

샘플을 소포로 어제 보내드렷습니다. 받아보셨습니까?
We sent you our sample by parcel post. Have you received it?

그 건은 어떻게 되어가고 있나요?
How is the project going?/Where does it stand?

가능한 빨리 그 건을 확인하겠습니다.
We will look into this matter as soon as possible.

2 용건 답하기

전화 연락 받고 전화 드립니다.
I'm just calling back.

김 부장님과 약속을 잡고 싶습니다.
I'd like to make an appointment with Mr. Kim.

어제 보내주신 이메일 때문에 전화 드렸습니다.
I'm calling in reference to the e-mail you sent to us yesterday.

내일 있을 생산 일정에 관한 회의에 대해서 전

화 드렸습니다.

I'm calling about the meeting tomorrow on the production schedule.

계약건에 대해 세부적으로 이야기하고 싶습니다.

I'd like to talk about the contract specifically.

귀하의 차량에 대한 예정된 수리가 마무리되었다고 알려드리려고 전화를 드렸습니다.

I'm calling to let you know that we finished the scheduled repair work on your car.

귀하의 사무실에 있는 고장 난 팩스에 대해 회신을 드리는 것입니다.

I am returning your call about the broken fax machine in your office.

회사 주소 좀 가르쳐 줄 수 있습니까?

Would you give me your office address?

저희 데이터베이스에는 귀하의 주소가 메이 가 173번지로 되어 있습니다. 맞나요?
Our data base lists your mailing address as 173 May Ave. Is that correct?

그 계획에 대한 상세 정보를 주실 수 있는지 궁금합니다.
I wonder if you give me more details about the project.

괜찮으시면 내일 아침에 들러서 수리를 하려고 합니다.
I can come by and fix it tomorrow morning if that's OK.

새 모델에 대한 정보를 주실 수 있습니까?
Do you have any information on the new model?

언제 새 품목을 출시하실지 궁금합니다.
I'm wondering when you put the new product on the market.

언제 저희 제안에 대한 답을 들을 수 있을까
요?
How soon can we expect your answer to
our proposal?

그 건은 어떻게 되어가고 있나요?
How is the project going?

요즘 서로 연락을 별로 못해서 전화 한번 해
봤어요.
We've been out of touch lately, so I
thought I'd give you a call.

어제 저희가 보내드린 주문서 받으셨나요?
Did you received the order form we sent
yesterday?

끝내시자 마자 전화 주실 거죠?
As soon as it's finished, be sure to call
me, will you?

6 항의/감사 전화

A : I'm afraid I have to make a claim.
B : What's it about?
A : I've ordered 100 boxes of A-4 paper.
But a couple of boxes are missing.

A : 죄송하지만 클레임이 있습니다.
B : 뭐에 관한 것이죠?
A : 제가 A4용지 100박스를 주문했는데, 몇
박스가 모자랍니다.

A: Thank you for the 25% trade discount.
B: You are very important customer to us.
A: And also thanks for the 10% quantity
discount you gave us.

A: 25%의 거래 할인에 감사드립니다.
B: 당신은 우리에게 매우 중요한 고객입니다.
A: 또한 우리에게 제공한 10%의 수량 할인에
도 감사드립니다.

항의/감사 전화 관련 표현

저희가 발주한 것과 다른 것을 보내셨습니다.
You have sent a different item from what I ordered.

보내주신 품목들이 파손되었습니다.
The items you've sent are broken.

가능한 한 빨리 결재해 주시기 바랍니다.
We would like you to make the payment as soon as possible.

거래를 중단할 수도 있습니다.
We may break off our business relationship.

거래를 재고해야 할 것 같습니다.
I'm afraid we will have to reconsider our business relationship.

귀사의 가격이 생각보다 비싼 것 같습니다.

Your price is a bit higher than we had expected.

선적 지연에 대해 항의하려고 전화 드립니다.
I'm calling to complain of the delay in shipment.

귀사의 제품에 문제가 있습니다.
We have a problem with your products.

시간 내주셔서 감사합니다.
Thank you for your time./ I appreciate your time.

저희 회사에 전화 주셔서 감사합니다.
Thank you for calling us.

신속히 처리해 주셔서 감사합니다.
We really appreciate your quick action.

공장을 구경시켜주어서 감사합니다.
Thank you for showing me around the factory.

주문해주셔서 감사합니다. 준비되면 전화 드리겠습니다.

Thank you for your order. We'll call you when it's ready.

30% 거래 할인에 감사드립니다.

Thank you for the 30% trade discount.

7 약속 잡기

A: Hello. This is Jacob Smiths of Star Company.

　　May I talk to Mr. Choi?

B: Speaking.

A: I would like to make an appointment with you.

　　Are you free on next Monday?

B: Let me see. Yes, I'm available on that day.

A: 안녕하세요. 저는 스타사의 제이콥 스미스 입니다.

　　미스터 최 있습니까?

B: 접니다.

A: 만날 약속을 잡고 싶은데요. 다음 주 월요 일에 한가하십니까?

B: 좀 보고요. 네. 그날은 한가합니다.

약속 잡기 관련 표현

약속을 잡을 수 있을까요?
Can we make an appointment, please?

6월 3일에 만나는 약속을 할 수 있을까요?
Could I make an appointment to see you
on June 3rd?

언제 편하십니까?
When are you free?

금요일 오후 스케줄은 어떻습니까?
How is your schedule on Friday afternoon?

월요일 2시에 괜찮으십니까?
Are you open Monday at two?

몇 시가 편하십니까?
What time would be most convenient for
you?

언제가 더 편한지 말씀해 주세요.
Please let me know which is more convenient for you.

그 날은 비워두십시오.
Please keep that day open.

전화로 말하기가 힘들군요.
It's too difficult to go over with you on the phone.

만나서 이야기 합시다.
 Let's meet and talk about it.

저는 몇 시라도 괜찮습니다.
Any time is all right with me.

저는 괜찮을 것 같습니다.
That will be fine with me.

언제가 편할지 말씀해보세요.
Any time. You name it.

선약이 있는데요.
I've got a previous appointment.

그날은 약속이 꽉찼습니다.
I'm fully booked on that day.

그날은 안 될 것 같은데요.
I don't think I can make it at that time.

1시간 당겨서 만날 수 있나요?
Could you make it 1 hour earlier?

다음날쯤에 만나기로 합시다.
Let's make it some day next month.

그 사람과의 약속을 확인하려고 전화 드립니다.
I'm calling to confirm my appointment with him.

만나는데 변동이 없죠?
Are we still meeting up as planned?/ Are we still on?

늦지 마세요.
Make sure you are on time.

약속을 체크하려고 전화 드립니다.
I'm calling to check our appointment.

11월 11일 2시 미팅이 여전히 유효한지 체크
좀 하려고요.
I'm double- checking that 2:00 p.m. on
November 11 is still ok for our meeting.

약속을 확인하려고 전화하려던 참이었어요.
I was going to call you to confirm our
meeting.

6월 17일 금요일 오후 1시 약속에 변함이 없
는지 확인하고자 합니다. I'd like to confirm
that we're still on for this Friday, June
17th at 1:00.

8 약속 정정

A: This is Andy Young speaking.

B: Smith here. Well, I'm sorry, but I have to cancel our meeting on May 1st.

A: 저는 앤디 영입니다.

B: 스미스인데요. 저, 죄송한데, 5월 1일 약속을 취소해야 할 것 같습니다.

A: Mina, this is Michael calling.

B: Where are you, Michael? We've been waiting for you.

A: I'm so sorry. I got lost on my way to meet you.

B: Let's move our appointment ahead to 2:00.

A: 미나, 마이클인데요.

B: 어디 있어요, 마이클? 기다리고 있는데.

A: 죄송해요. 그쪽으로 가다 길을 잃어버렸습니다.

B: 얼마나 늦을 것 같나요?

약속 정정 관련 표현

조금 일찍 만날 수 있을까요?
Why don't we make it a little earlier?

약속을 2:00로 미룹시다.
How late are you going to be?

5월 1일 약속을 취소하고 싶은데요.
I have to cancel our meeting on May 1st.

그가 여행에서 돌아올 때까지 약속을 연기하려고 합니다.
We'll put off the meeting until he comes back from the trip.

갑자기 일이 생겨서 1시 미팅에 못갈 것 같습니다.
Something has come up and I can't make our 1:00 meeting.

5시 30분 약속에 못 맞출 것 같습니다.

I'm afraid I won't be able to make our 5:30 appointment.

내일 예약을 일요일로 연기해야 할 것 같습니다.
We're going to have to postpone our reservation for tomorrow to Sunday.

다른 곳에서 만날 수 있을까요?
Can I meet you somewhere else?

내일약속을 오늘로 바꾸는 건 어떻습니까?
How about changing our appointment from tomorrow to today?

조금 늦을 것 같습니다.
I'm afraid I'm going to be a little late.

약속 장소 위치가 정확히 어떻게 됩니까?
Where exactly is the place we are supposed to meet?

눈에 띄는 것(표지판, 건물)이 있습니까?

Is there any landmark?

미팅장소에 나왔는데 아무도 안보입니다.
I'm here at the appointment place, but I
see no one here.

만나기로 한 날짜를 잘 못 안 것 같습니다.
I'm afraid I was confused with the date of
appointment.

약속 장소가 바뀐 것을 늦게 알려드려서 죄송
합니다.
I'm sorry that I didn't inform you earlier
that the meeting place has changed.

제가 장소에 못나가고 대신 동료를 대신 보냅
니다.
I'm afraid I won't be able to make it for
the appointment but my colleague will be
there for me.

9 길 안내

A: Is it too far to walk there?

B: Yes, you'll have to take a bus.

A: 여기서 걸어갈 수 없을 정도인가요?

B: 네, 버스를 타셔야 해요.

A: Do I keep going straight?

B: No, you have to turn right at the next intersection.

A: 똑바로 가면 되나요?

B: 아니요. 다음 교차로에서 우회전하세요.

A: Is your office building next to the bank?

B: No, it's across the bank.

A: 회사 건물이 은행 옆에 있나요?

B: 아니요. 은행 건너편이에요.

길 안내 관련 표현

1 기본 표현 익히기

Go past ~ ~을 지나쳐 가다
Go across ~을 건너가다
Go along ~을 따라가다
Go up ~을 따라 올라가다
Go down ~을 따라 내려가다
Go through ~을 통과하여 가다
Go out of ~의 밖으로 나가다

Go straight. 똑바로 가세요.
Keep walking straight. 똑바로 걸어가세요.
Go two blocks. 두 블록 가세요.

Turn left. 좌회전하세요.
Turn right. 우회전하세요.

2 방향 안내하기

Turn right at the next corner. 다음 코너에서 우회전하세요.

Turn left at the next corner. 다음 코너에서 좌회전하세요.

It's in front of you. 바로 앞에 보일 거예요.

It's opposite the bank. 은행 반대편이에요.

It's on the corner. 코너에 있어요.

다음 출구에서 나가야 하나요?
Do I take the next exit?

아니요. 그 다음 출구로 나가세요.
No, take the one after that.

메인 로드가 회사로 가는 길인가요?
Is Main Road to your company?

아니요. 잘못 들어섰어요.
No, you're on the wrong highway.

다음 신호등에서 우회전하나요?
Do I turn right at the next set of lights?

세 블록 가셔서 워싱턴 스트리트에서 좌회
전하세요.
Go three blocks and turn left
Washington Street.

다음 코너에서 좌회전하시고 신호등이 보
일 때까지 걸어가세요.
Take a left at the next corner, walk
until you see a stoplight.

신호등에 도착하면 퀸 스트리트입니다.
Once at the stoplight, turn on to Quinn

Street.

직진해서 걸어가시면 오른편 블록 가운데에 우리 회사 건물이 보입니다.
If you keep walking straight you will see our office building halfway down the block on the right hand side.

그 길 왼편으로 한두 블록 내려가시면 동부 빌딩이 있을 겁니다.
The Dongbu Building should be one or two block down on the left side of the street.

10 통화 시 발생 문제

A: Hello. This is Nina Kim.
B: Would you speak up? I can hardly hear you.
A: This is Nina.
A: 안녕하세요? 저는 니나 김이에요.
B: 크게 좀 말씀해주시겠어요? 잘 안들려요.
A: 니나예요.

A: So, what I'm asking for you to.... is.....hm...well...
B: Mr. Lawrence, would you make it quick?
   My batteries are almost dead.
A: I'm sorry. We'd better meet and talk.
A: 그래서, 제가 부탁하고자 하는 것은...음..그러니까..
B: 로렌스 씨, 빨리 말해 주시겠어요? 배터리가 다 되갑니다.
A: 죄송합니다. 만나서 얘기하는 게 낫겠네요.

통화 시 발생 문제 관련 표현

듣고 계세요?
Are you listening? /Are you with me?

다시 한번 말씀해 주세요.
Could you repeat that? / Come again?

좀 천천히 말씀해 주시겠어요?
Could you slow down a bit?

잘 들리세요?
Do you hear me cleary?

목소리를 좀 낮춰주시겠어요?
Could you keep your voice down?/ Could you speak a little more softly?

알아들으셨어요?
Do you understand what I'm saying?

더 크게 말씀해 주시겠어요?

Will you speak louder?

수화기가 고장 난 것 같습니다.
My phone is not working right.

수화기가 고장 난 것 같습니다.
The phone seems to be out of order.

다른 사람 목소리가 들려요.
I hear someone else talking on the same line.

혼선이 된 것 같습니다.
The line seems to be mixed up.

전화가 끊겨 버렸습니다.
I was cut off.

감이 멀군요.
We have a bad connection.

잡음이 많습니다.
There is a terrible noise.

전화가 먹통이에요.
The line is dead.

다른 전화기로 받을게요.
I'll switch over to another phone.

배터리가 다 나갔습니다.
The batteries died on my cell phone./I used up my batteries.

휴대폰이 진동이어서 못 들었습니다.
I didn't hear the phone ring. I had set it to vibration mode.

배터리가 다 되갑니다.
My phone's running out of batteries.

휴대폰을 진동으로 해주세요.
Please put cell phones on vibrate or on silent mode.

아마 핸드폰을 꺼놓은 모양입니다.

He probably turned his cell phone off.

외근중이시니 핸드폰으로 연락해보세요.
He's out of town on business, so call him
on his cell phone.

배터리가 나가 전화하신 줄 몰랐습니다.
I didn't know you called me because my
handphone battery died.

핸드폰문자로 전화번호를 찍어주시겠어요?
Would you send the phone number by text
message?

11 항공권 예매 / 숙소 예약

A: I need to book a flight to LA.
B: Ok, is this a one-way or round trip ticket?

A: LA로 가는 항공권을 예약하고 싶습니다.
B: 네, 편도입니까, 왕복입니까?

A: The lowest priced room we have for four is a twin bed in a single room.
B: How much is it?
A: It is $200 per night. Would you like to go ahead and reserve it?

A: 네 분이 쓰실 수 있는 가장 저렴한 방은 싱글룸에 트윈 침대가 있는 방이에요.
B: 얼마에요?
A: 하루에 200달러입니다. 바로 예약하시겠어요?

예매/예약 관련 표현

할인티켓은 없습니까?
Any tickets on discount?

보스턴에서 시카고까지 가는 왕복티켓이 얼마
입니까?
How much is a round-trip plane ticket
from Boston to Chicago?

747기의 자리를 예약할 수 있을까요?
Can I reserve a seat on Flight 747?

오픈티켓을 가지고 있는데 한국으로 돌아가는
비행기 좌석을 예약하고 싶습니다.
I would like to make a reservation to
Korea with my open ticket.

마이애미까지 가는 비행기 편이 있습니까?
Do you have any flights to Miami?

비행기747이 LA에 몇 시에 도착하게 됩니까?

What time does Flight 747 arrive in LA?

한국으로 돌아가는 비행기 편의 예약을 확인하
고 싶은데요.
I want to confirm my return flight to
Korea.
5월 7일 토요일 비행기를 취소해 주십시오.
Please cancel my flight for Saturday the
7th of May.

7월23일 2003편의 예약을 변경하고 싶은데
요.
I'd like to change a reservation for flight
2003 on July 23.

방 있어요?
Do you have any rooms?

1인용 객실이 있나요?
Do you have a single room?

네, 방 있습니다.
Yes, we have rooms.

예약이 꽉 찼어요.
I'm afraid we're fully booked.

내일 이후에나 빈 방이 있습니다.
There's a vacancy from tomorrow

다음 주 월요일에 두 사람이 쓸 방 예약하고
싶어요.
I would like to make a reservation for two
people on the next Monday.

5월 10일, 11일, 12일 3박 4일 묵을 싱글룸을
예약하고 싶어요
I'd like to reserve a single for the three
nights of May tenth, eleventh, and twelfth.

일주일간 묵을 발코니 딸린 더블룸이 있나요?
Do you have a double room with a balcony
for one week?

오늘 저녁 식사를 예약하려고요.
I'd like to make a reservation for dinner

tonight.

내일 저녁 8시에 3명 자리를 예약하려고요.
I'd like to reserve a table for three tomorrow evening at 8:00.

킴이라는 이름으로 예약하고 싶어요.
I'd like to make a reservation under the name of Kim.

7시 예약을 8시로 바꿔주세요.
Could we change our reservation from 7 to 8 p.m.?

죄송하지만 오늘은 예약이 다 찼습니다.
Sorry, we're fully booked today.

대기자 명단에 올려주실래요?
Could you put me on the waiting list?

저희 회사 5주년 파티가 한 달밖에 안 남았어요. 그날 이용할 장소를 알아봐야겠어요.
Our company's 5th anniversary party is

just a month away. I'll have to check out the venue for the day.

7일부터 10일까지 이용 가능한 회의실이 있나요?
Do you have any conference rooms available from the 7th to the 10th?

수요일 오전 10시에 회의실 A를 예약해 주시겠어요?
Can you reserve conference room A on Wednesday morning at ten?

회의실 한 개를 예약하고 싶어요.
We would prefer to book a conference room.

안타깝지만, 그 회의실은 10시에 이미 예약이 되어 있어요.
Unfortunately, that room is already booked at ten.

네, 객실 몇 개가 빈 것 같군요.

Yes, it looks like we have several rooms available.

몇 개나 예약하실 건가요?
How many would you like to reserve?

스미스 씨가 승진을 축하하기 위해 다음 주 수요일 그곳 식당에 예약해 두라고 하셨어요.
Mr. Smith would like me to make a reservation at your restaurant next Wednesday to celebrate his promotion.

아시다시피, 스미스 씨가 늘 앉으시던 자리로 저녁 6시에 10명 예약을 요청하셨습니다.
As you know, Mr. Smith has requested his usual table for ten at 6:00 P.M.

저희 예약 시스템을 확인해 보겠습니다.
Let me check our reservation system.

12 시설 예약 및 문의

A: My coworkers and I are planning to attend a conference   in September.

　Do you have any rooms available from the 7th to the   10th?

B: Yes, it looks like we have several rooms available.

　How many would you like to reserve?

A: We would prefer to book five single suites.

A: 동료들과 제가 9월에 컨퍼런스에 참석할 계획입니다.

　7일부터 10일까지 빈 방이 있나요?

B: 네, 객실 몇 개가 빈 것 같군요.

　얼마나 예약하실 건가요?

A: 싱글 룸 다섯 개를 예약하고 싶어요.

시설 예약 및 문의 관련 표현

비용 견적을 내 주실 수 있나요?

Can you give me an estimate of the cost?

싱글룸에서 인터넷 접속이 되나요?

Do your single suites have Internet access?

기자회견을 위해 연단 위에 작은 TV 스크린을 설치할 수 있나요?

Can you install a small TV screen on podium for the press conference.

구석에 웹카메라와 마이크를 설치해 회의 모습을 대형 화면으로 내보내고 대형 스피커를 통해 소리를 전할 계획입니다. 가능할까요? We'll have Webcameras and microphones set up in each of the corner; we'll project the images onto a large screen, and play the audio through large speakers. Is that possible?

회의 중에 소리를 녹음할 수 있도록 마이크와
사운드 카드를 설치할 수 있나요?
Can you install a microphone and sound
card to record sounds during the meeting?

홀에 도난 방지용 감시 장치가 설치되어 있나
요.
Does the hall have a detection system for
security?

회의실에 긴의자를 설치해 주실 수 있나요?
Can you have a chaise lounge put in at
the conference room?

13 주문하기 / 주문 받기

A: I'm calling because I want to order products from your company.

I'd like to place an order 2000 units for your new model I-POP.

We might be able to be ready to double our order if it sells well.

Could you give me the ten percent discount on bulk orders?

A: 제품을 좀 주문하고 싶어서 전화 드립니다.

귀사의 새 모델 I-POP을 2천개 정도 주문하고 싶습니다.

잘 팔리면 주문을 두 배로 할 수도 있습니다.

대량 주문하면 10퍼센트 할인을 받으실 수 있나요?

주문하기 / 주문 받기 관련 표현

에어컨을 주문하고 싶습니다.
I'd like to order the air-conditioners.
= I'd like to place an order for the
air-conditioners.

5,000개가 필요한데 주문에 응해 주실 수 있습니까?
I need five thousand units. Can you fill this
order?

첫 주문으로 모델당 100대씩만 하지요.
Let's say a hundred of each model to start
with.

보내 주신 가격 조건을 보고 구매하고 싶습니다.
According to these prices, I'd like to make a
purchase.

최근의 주문을 불가피하게 수정해야겠습니다.
We have found we must revise a recent

order.

기본적으로 저희는 주문량을 올리는 데 관심이
있습니다.
Basically, we are interested in increasing
our order quantity.

추가 주문을 하고 싶습니다.
I'd like to make an additional order.

모델 번호 A-1의 최저 주문 수량을 좀 늘리고 싶
습니다.
I'd like to increase the minimum quantity on
model No. A-1.

판매망을 확장했기 때문에 주문량을 배로 늘릴
것입니다.
We've expanded our distribution network, so
we will double our order.

얼마만큼/몇 개를 원하십니까?
How many would you like?

대충 몇 개 정도로(어느 정도 물량으로) 생각하고
계신가요?
Approximately how many units did you have
in mind?
= What quantity did you have in mind?

어떤 사이즈를 원하세요?
What size are you looking for?

어떤 모델을 주문하실 건가요?
Which model do you want to order?

더 싼 것을 찾으세요?
Would you like to see a less expensive
model?

오늘 오후에 가격표를 보내드릴 수 있습니다.
We'll send you our price list this afternoon.

최소 물량이 2만5천 대는 되어야 현재의 할인
율로 물품을 제공해 드릴 수 있습니다.
We need a minimum order of 25,000 units

so that we can offer the product at the current discount rate.

TX 400 모델은 대량 주문하실 경우 10퍼센트 할인을 받으실 수 있습니다.
The TX 400 faux leather model is available to receive the ten percent discount on bulk orders.

오늘 주문하시면, 배송비의 50퍼센트를 추가로 할인해 드립니다.
If you make an order today, I can give you an additional 50 percent off the cost of shipping.

14 항의 및 대응

This is Timothy from Renton & Sons.
I'm calling to complain to you. After the shipment arrived, we found that there were many defects in most items.
It looks like the wood has warped during drying and has cracks.
Please call me as soon as you check this problem.
I hope we can iron this out quickly.

저는 렌턴 & 선즈의 티모시입니다. 항의하려고 전화했습니다.
선적물이 도착한 후에, 대부분의 물품에 결함을 발견했습니다.
나무가 건조 중에 뒤틀린 것 같고요, 틈새도 있습니다.
이 문제를 확인하시는 대로 전화 주세요.
문제를 빨리 해결할 수 있었으면 좋겠습니다.

항의 및 대응 관련 표현

귀사의 제품에 문제가 있습니다.
We have a problem with your products.

보내주신 품목들이 파손되었습니다.
The items you've sent are broken.

포장이 잘못되어 일부 제품이 파손되었습니다.
Some products were broken due to bad packaging.

내용물이 많이 손상되어 고객들에게 공급할 수 없을 것 같습니다.
We found the contents were heavily damaged and could not possibly supply them to our customers.

화물이 갑자기 내린 비를 맞아 빗물이 포장 안으로 들어갔어요.
The vessel went through rough a sudden rain and water penetrated the packing.

우리가 받은 물건이 주문한 것이 아니었습니다.
The goods we received were not what we ordered.

저희가 발주한 것과 다른 것을 보내셨습니다.
You have sent a different item from what I ordered.

제품의 품질이 견본과 다릅니다.
The quality of the goods delivered is different from the sample.

받은 상품이 이전에 샘플로 받은 것보다 상태가 좋지 않습니다.
The merchandise we received is inferior to the earlier sample.

저희가 주문한 것보다 정확히 10박스 부족하게 선적되어 왔습니다.
We received exactly 10 boxes less than what we ordered.

12박스라고 되어 있지만 실제로 22박스를 받았습니다.

You list 14 boxes but in fact, there are 22 boxes sent.

결함이 있는 노트북에 대해서는 현금 환불을 원합니다.

I want to get a cash refund for the defective notebooks.

즉시 다른 제품을 발송해 주시기 바랍니다.

Please send another product immediately.

파손된 제품에 대해서 검사 증명서를 검토해 주세요.

As for the broken products, we'd like you to study the inspection certificate.

대체품을 항공편으로 보내주십시오.

We'd like you to send us the replacement product by air.

얼마나 파손되었나요?
How many were damaged?

모든 품목은 출항 전에 철저히 체크를 받았는
데요.
Every unit was thoroughly checked before
the shipment.

제품을 검사할 수 있도록 불량품 중 하나를 저
희 쪽으로 보내주실 수 있나요?
Could you ship one of the defective units
back to us so that we can inspect it?

배송 업체에 이 문제를 제기하겠습니다.
I'll take this matter up with the shipping
service.

제조자에게 클레임을 걸고 이 건을 즉시 조사
하도록 하겠습니다.
I'll send a claim to our manufacturer and
have them check the case immediately.

문제를 조사해 보고 자세한 내용이 밝혀지면 곧 알려드리겠습니다.

I'll look into the matter and let you know as soon as I find out the details.

불량품을 처분해 주시면 차액을 수표로 보내드리겠습니다.

If you dispose of the damaged goods, we will send you a check for the difference.

회사에서는 천재지변으로 인한 손상에 대해서는 어떤 법적 책임도 질 수 없습니다.

The company cannot accept liability for any damage caused by natural disasters.

저희는 배달이 완료된 후에 저희 제품에 발생한 일에 대해서는 책임을 질 수 없습니다.

We cannot be held responsible for what happens to our products after deliveries have been made.

15 고객 대응

A: Can you put this sweater on hold for me?

B: Yes, I'd be glad to hold it until closing time tonight, which is 6:00.

A: 이것 좀 저를 위해 따로 보유해 주실 수 있나요?

B: 네, 오늘 6시에 폐점 시간까지 기꺼이 보유하고 있겠습니다.

A: I would like to be on the preferred customer mailing list.

B: I'd be delighted to add you to the list. This list is for customers who meet the qualification of having spent $1,000 with us this year. Does that qualification fit you?

A: 저를 우수 고객 메일 리스트에 올려주셨으면 좋겠어요.

A: 기꺼이 리스트에 올려드리고 싶습니다. 이 리스트는 올해 1,000달러를 지불하신 고객을

위한 것입니다. 자격 조건에 맞으신가요?

A: Why haven't I received my refund?
A: I'm sorry for the delay. It seems that the form was not completed correctly. I'll help you put it right.
A: 왜 환불을 받을 수 없죠?
A: 늦어져서 죄송합니다. 양식이 바르게 작성 되지 않은 것 같습니다. 맞게 작성하실 있도록 도와드리겠습니다.

고객 대응 관련 표현

벙어리 장갑 있어요?
You'll have to go to accessories for that.

네, 벙어리 장갑을 취급합니다. 액세서리 매장이 다양한데, 꼭대기층에 있습니다.
Yes, we do carry mittens. There's a wide selection in our Accessories Department, which is at the top of those stairs.

이런 양식이 더 있나요?
Are there any more of these forms?

확인해보겠습니다.
Let me check for you.

저를 위해 해 주신 일에 대해 변경하고 싶습니다.
I'd like to change something on that job you're doing for me.

죄송합니다. 오늘은 문을 닫았습니다. 내일 정보를 받아서 아침에 제일 먼저 변경해드리겠습니다.

I'm sorry, we've closed out for the day. I'd be glad to take the information and change it first thing in the morning.

소프트웨어가 왜 작동하지 않죠?

Why can't I get my software to run?

확실히는 모르겠습니다. 어떤 것이 되고 안 되는 것이 무엇인지 말씀해 주시면 문제를 해결해볼 수 있습니다.

I'm not sure. Please tell me what it's doing and not doing and we'll troubleshoot together.

잭슨 박사에게 어떻게 연락하죠?

How can I get hold of Dr. Jackson?

박사님 사무실로 영업시간에 전화하실 수 있습니다. 월요일, 수요일, 금요일에 2시에서 4시 사이입니다. 555-1212로 전화하시거나 그 시

간에 사무실 733호로 직접 찾아가실 수 있어
요. 또 345실 우편함에 메모를 넣어두셔도 됩
니다. 적어드릴게요.

You can call her during her office hours,
Mondays, Wednesdays, Fridays, between
2:00 and 4:00, at 555-1212, or drop in on
her during those times in Room 733, or
put a note in her mailbox in Room 345.
Let me write that down for you.

이 절차가 시간 낭비처럼 느끼시는 것은 이해
합니다. 죄송하지만 이 절차를 다르게 마무리할
권한이 저는 없습니다. 매니저만 할 수 있습니
다. 매니저가 돌아오면 다음 번에 오시면 손님
의 계좌를 다른 방법으로 처리할 수 있는지 알
아보겠습니다. 오늘 불편을 드리게 되어 죄송합
니다.

I can understand why you feel this
procedure is a waste of time. I'm sorry, I
don't have the authority to complete this
transaction differently – only the manager
does. When she comes back, I will check
to see if I can handle your account

differently next time you come in. I'm sorry for the inconvenience today.

불편하셨으리라 이해합니다. 오래 기다리셨네요. 절차를 빨리 진행하겠습니다. 이제 어떻게 도와드릴까요?

I can understand how you'd be upset. You've waited a long time. I'll help you get through your transaction quickly. How can I help you now?

계좌 잔액이 바르지 않아 죄송합니다. 계좌의 거래를 살펴보고 무엇이 잘못 됐나 보겠습니다. 그래서 다시 일어나지 않도록 하겠습니다. 계좌 번호를 알려주시겠어요?

I'm sorry your account doesn't balance. Let me research your account transactions and see what went wrong so we can make sure it doesn't happen again. May I have your account number, please?

화 나신 이유를 알겠습니다. 소프트웨어가 배달

되지 않은 것은 죄송합니다. 문제가 뭔지 살펴보겠습니다. 주문 번호와 날짜를 알고 계신가요? 제가 이것을 조사할 때까지 잠시 기다려주겠어요? 아니면 몇 시간 후에 다시 오시겠어요?

I can understand why you'd be upset. I would be too. I'm sorry your software hasn't been delivered. Let me look into what went wrong. Do you have the order number and date? Would you like to wait while I research this, or would you prefer I get back to you within the hour?

서비스에 만족을 못 드려 죄송합니다. 무엇이 잘못됐는지 구체적으로 말씀해 주시면 바로 잡겠습니다. 그리고 제 상사인 홀 씨를 불러드리겠습니다.

I'm sorry you are dissatisfied with my service. Please tell me specifically what wasn't right so I can correct it. And I'll get Mrs. Hall, my supervisor, for you.

16 사무기기/기계 문제 보고

A: My computer is so slow; it's driving me crazy.

B: Yeah, I know that Internet connection has been lagging all day.

A: What should I do?

B: I have arranged for someone to come and fix the system.

A: 컴퓨터가 너무 느려요. 이것 때문에 미치겠어요.

B: 그래요, 오늘 하루 종일 인터넷 연결이 너무 느리다고 알고 있어요.

A: 제가 어떻게 해야 하죠?

B: 가서 시스템을 고칠 만한 사람을 배치해 두었어요.

1 문제 발생

복사기가 어떤 이유로 제대로 작동하고 있지
않아요.
The copier isn't working properly for some
reason.

지난주에 받은 복사기를 방금 설치했는데 복사
기에 문제가 좀 있어요.
We just set up the copier we received last
week, but we're having a problem with it.

아무도 전화하거나 와서 복사기가 왜 작동을
안 하는지 봐주지 않았어요.
No one has called or come by to find out
why the copy machine is not working.

컴퓨터가 너무 느려요. 이것 때문에 미치겠어
요.
My computer is so slow; it's driving me
crazy.

오늘 하루 종일 인터넷 연결이 너무 느려요.
My Internet connection has been lagging all
day.

이거 왜 안 되죠?
Why is this not working?

종이 걸린 걸 어떻게 빼내야 하는지 모르겠어
요.
I don't know how to take out the jammed
paper.

복사하려고 할 때마다, 글자가 너무 줄어들어서
읽을 수가 없어요.
Whenever I try to make copies, the text is so
shrunken that it's unreadable.

이 계약서들을 시내에 있는 사무실에 오늘 팩
스로 보내야 하는데 팩스가 아직도 작동을 안
해요.
These contracts have to be faxed to the
downtown office today, but the fax machine
is still down.

회사 이메일로 고객 보고서를 보내려고 하는데, 서버가 계속 다운이라고 나오네요.
I've been trying to send some customer reports through the company e-mail, but it keeps telling me that the servers are down.

제 컴퓨터가 고장 나서 보고서의 최근 편집본이 없어졌어요. 많은 작업을 다시 해야 해요.
My computer crashed and I lost the latest edits on the report, so I need to redo a lot of work.

제 발표 파일이 손상되었어요.
My presentation file got corrupted.

파일 저장하는 걸 깜빡했어요.
I forgot to save the file.

이전 하드 드라이브에서 일부 파일은 살릴 수 없었어요.
I wasn't able to save some files from my old hard drive.

이 소프트웨어 프로그램들은 구식이라서 공급 업체에서 더 이상 지원하지 않아요.

These software programs are out of date, so they are no longer supported by the vendor.

이 새 시스템을 도입한 후로 많은 문제들이 발생하고 있어요.

I've been having all kinds of problems with my computer since they implemented this new system.

이 건물 메인 난방 시스템에 뭔가 잘못된 것 같아요.

I believe there must be something wrong with this building's main heating unit.

3층과 4층 직원들도 문제가 있다고 알려 왔어요.

Staff on the third and fourth floor also reported problems.

엘리베이터가 고장 난 것 같아요.
It looks like the elevators are out of order.

건물 남쪽 엘리베이터가 수리 때문에 멈춘 상태라 이용할 수 없어요.
The elevators on the south side of the building are down for repairs, so you won't be able to use them.

Elevators are all out of commission because of the fire alarm.
화재 경보 때문에 모든 엘리베이터를 이용할 수 없어요.
* out of commission 이용할 수 없는

2 해결책 및 조언

전원을 껐다가 다시 켜 보셨나요?
Have you tried turning it off and then turning it back on?

당신의 새 하드 드라이브가 도착하면 그 파일들

을 옮겨 드릴게요.

I'll transfer those files to your new hard drive when it arrive.

회사 메시지 보드에 접속해 거기서 불만 사항을 보낼 수 있어요.

You can just log on to the company message board and submit the complaint there.

와서 시스템을 고칠 만한 사람을 배치해 두었어요.

I have arranged for someone to come and fix the system.

Don't use an elevator because electricity may go out at any time.

전기가 언제 나갈지 모르니까 엘리베이터를 이용하지 마세요.

Don't use the passenger elevators; use the freight elevator.

승객용 엘리베이터를 이용하지 말고 화물용 엘

리베이터를 이용하세요.

구글 검색 해 보세요.
Google it.

17 컨퍼런스 콜

Good morning. Please come in and have a seat. Okay, welcome everyone. Let's discuss our customer survey. I would like to brainstorm on the results of the survey. So why doesn't someone please try to explain to me what's the problem here?

안녕하세요. 들어와서 앉으세요. 좋아요. 여러분 모두 환영합니다. 고객 설문에 대해 의논하도록 하죠. 설문 결과에 대해 자유롭게 얘기해 보고 싶습니다. 그럼 누가 오늘 문제가 무엇인지에 대해 설명해 주시겠어요?

Yes, it is true that we have slight problems with the venue and gift for staff.
But it has been settled by replacing it with a grand ballroom of ACE Hotel.
In addition, the gift for every staff during Award Night Ceremony by ordering cups with

the company's logo on. .

네, 장소와 직원 증정품 때문에 약간의 문제가 있는
것이 맞습니다.

그렇지만 장소를 에이스 호텔의 연회장으로 바꿔서
해결했습니다.

그리고 시상식의 밤 기념식에서 모든 직원 증정품으
로 회사 로고가 새겨진 컵을 주문했습니다.

1 요청 및 제안

좀 더 구체적으로 말씀해 주시겠습니까?
Can you be more specific?

구체적인 예를 하나 들어 주시겠습니까?
Can you give me a specific example?

그 문제에 대해서 우리에게 아이디어를 줄 수
있습니까?
Can you give us any idea about the
problem?

다른 해결책이 있습니까?
Do you have another solution?

그로 인해 발생하는 기술적인 문제를 다시 한
번 말씀해 주시겠습니까?
Can you remind me of the technical issues
resulting from it?

수익을 올리는 방법에 대해 말씀해 주실 수 있

는지 궁금합니다.

I wonder if you would comment on how to increase our profits.

광고 예산을 늘리는 문제에 대해서는 어떻게 하죠?

How are we going to deal with the issue of increasing the budget for advertising?

마케팅과 광고 비용을 줄이려면 어떻게 하는 게 좋을지 의견 있습니까?

Do you have any suggestions to cut down spending in marketing and advertising?

그 지점의 지난 10년간 재정 자료를 지금 가지고 있나요?

Do you have the financial data on the branch for the past 10 years on hand?

2 회의 마무리

회의를 정리할 시간입니다.
It's time to warp-up the meeting.

제 프레젠테이션에 대해 어떻게 생각했나요?
What did you think about my presentation?

회의가 잘 진행된 것 같아요?
Did you think the meeting went OK?

회의가 유용했나요?
Did you find the meeting useful?

방금 끝난 회의에 대해 피드백을 줄 수 있나요?
Can you provide feedback on the meeting we just had?

지난주 신입 매니저들을 위한 워크숍 어떠셨어요?
What did you think of the workshop for the new managers last week?

어떻게 지역 영업 담당자들을 제대로 관리할

수 있는지에 대한 부분이 좋았어요.
I loved the part about how to manage the regional sales representatives.

매니저가 전화해서 컨퍼런스가 잘 되었다고 말했어요.
The manager called and said the conference went well.

저희 비즈니스 모델에 훌륭한 추가 사항이군요.
That's a great addition to our business model.

스미스 씨로부터 전화를 받았는데, 보스턴에서 회의가 잘 진행되었대요.
I just got a call from Ms. Smith, and she said the conference in Boston went well.

워크숍이 원래 끝날 시간보다 훨씬 늦게 끝나는 바람에 중요한 미팅을 놓쳤어요.
I missed an important meeting because the workshop ended much later than it was supposed to.

끝없는 회의에 질렸어요.
I'm sick and tired of meetings without end.

회의는 시간 낭비에요.
It's a waste of time.

회의 동안 졸고 있었어요.
I was dozing during the meeting.

최종 결정을 하기 위해 다음 주 월요일 아침
다시 회의를 할 것입니다.
We will meet next Monday morning again to
make a final decision.

경영진이 어떤 연구를 지원할지에 대해 다음
주에 최종 결정을 할 예정입니다.
The managements are supposed to make a
final decision next week about which
research to support.

18 전화 영업/마케팅

This machine has numerous features, and it seems our customers really love it. This product has a washable filter and it features a self-cleaning mechanism. It's compact in size, yet efficient in performance.

이 기계는 많은 기능을 갖고 있으며, 고객들이 정말 좋아하는 듯합니다. 이 제품은 필터를 그냥 물로 씻을 수 있고 자동 세척 시스템을 갖고 있다는 게 특징입니다. 크기는 소형이어도 성능은 우수합니다.

1 전자제품 소개

이 제품은 필터를 그냥 물로 씻을 수 있고 자동
세척 시스템을 갖고 있다는 게 특징입니다.
This product has a washable filter and it
features a self-cleaning mechanism.

고성능 제어 장치가 자동으로 필요에 맞게 온도
와 습도를 조절해 줍니다.
Sophisticated controls adjust temperature
and humidity levels automatically to suit your
comfort.

방수도 되고 충격에도 끄떡없는 제품입니다.
It is water-proof and shock-resistant.

이 새로운 액정 화면에 사용하고 있는 기계 기능
이 표시되어 쉽게 알 수 있습니다.
The new LCD lets you easily recognize
which functions on the machine you're using.

이 신제품에는 항균성 먼지 흡입 필터가 달려 있
어서 공기를 늘 쾌적한 상태로 유지할 수 있습니

다 .
This new line has an antibacterial and dust-trapping filer.

이제 새로워진 스팀 제로로 잘 빠지지 않는 얼룩까지도 말끔하게 뺄 수 있습니다.
Now you can remove even the toughest stains with the new Steam Zero.

이 다중 스테이션의 가장 매력적인 특징 중 하나가 보관하기 편한 접이식이라는 것입니다.
One of the attractive features of this multi station is that it folds up for easy storage.

우리의 고압 청소기는 모든 종류의 산업용 장비와 기계를 세척하는 데 이상적입니다.
Our high-pressure cleaners are ideal for washing down all types of industrial production equipment and machinery.

이것은 소형 진공청소기로 증기를 사용하여 속때까지 깨끗하게 뺄 수 있는 유일한 제품입니다.

This is the only compact vacuum cleaner with the professional deep-cleaning power of steam.

ST 쿨 에어컨은 저렴할 뿐만 아니라 에너지 효율도 높습니다.
The ST Cool air conditioner is not only inexpensive but is also highly energy-efficient.

실제로 다른 장치 없이 음악을 기계에 업로드할 수 있습니다.
You can actually upload music into the machine without using another device.

이것은 가벼운 알루미늄 틀을 특징으로 합니다.
It features a lightweight aluminum frame.